Raffaele Aragona

La viola del bardo

Piccolo Omonimario Illustrato

Biblioteca Oplepiana

N. 8

 http://www.inriga.it

 info@inriga.it

https://it-it.facebook.com/inrigaedizioni/

https://twitter.com/inrigaedizioni

https://www.linkedin.com/company/in-riga-edizioni-e-literary-agency

Raffaele ARAGONA
La viola del bardo
Piccolo Omonimario Illustrato

Era inevitabile che un oplepiano di origine enigmistica finisse prima o poi per utilizzare una restrizione dilogica, stabilendo così un naturale collegamento con quanto è alla base dei moderni enigmi, almeno in Italia: l' "omonimia".

L'interesse maggiore degli appassionati di enigmi è infatti legato a sorprendenti e concettose manipolazioni di significato. Si dice «le piante spoglie» e non si sa se pensare ad un paesaggio autunnale o a povere salme oggetto di lagrime; si parla di «credenza piena», ma è incerto se ci si voglia riferire ad un ben provvisto mobile di cucina o ad una fede assoluta, incrollabile; si nomina «lo stadio olimpico» e può darsi che lo sport non c'entri affatto, giacché si allude a tutt'altro, ad una situazione di serena imperturbabilità. Un «disegno sfumato» è quello di una figura dai contorni incerti e digradanti, ma potrà egualmente riferirsi ad un progetto andato in fumo.

Si aggiunga pure la circostanza della compilazione di un "repertorio degli omonimi della lingua italiana" ed ecco che, da parte dell'autore, diventa sempre più incalzante l'esigenza di dar vita ad un *Piccolo Omonimario Illustrato*.

Una serie di omonimi viene disposta in ordine significativo, in modo da costituire la sintesi di una breve narrazione dalla serie stessa generata ed illustrata. Poi (...è anche l'acronimo della "struttura" di questa *plaquette*), dopo i sedici brevi componimenti, un essenziale dizionarietto omonimico riporta nuovamente le voci utilizzate insieme con i relativi significati.

A ben distinguere, gli omonimi possono essere omofoni (vocaboli che hanno suono uguale, ma diverso significato), omografi (vocaboli che hanno significato diverso, ma identica scrittura) e, infine, omografi ed omofoni insieme. A rigore, essi devono considerarsi tali soltanto se in presenza di una diversa derivazione etimologica; in alcuni casi, però, quando la semplice espansione semantica ha raggiunto ampiezze tanto notevoli da far dimenticare le comuni origini, il gioco è così bello che forte è il desiderio di distaccarsi dalla rigida regola.

Lavoro al Teatro Comunale: faccio il costumista.

Questa sera si inaugura la stagione lirica con un'opera di un musicista tedesco.

A me hanno affidato il primo attore, il baritono Peter Falk, che interpreta il personaggio principale del melodramma: un poeta nordico, che canta gli antichi splendori del suo popolo, ma che, per la sua balordaggine, è continuo oggetto di derisione da parte dei cortigiani del palazzo.

Sto vestendo il protagonista con gli abiti vistosi della cerimonia dell'incoronazione del re, quella che apre il primo atto:

bardo bardo bardo.

Il ricevimento al castello è stato tra i più eleganti ed esclusivi: vi hanno partecipato invitati famosissimi, il fior fiore della nobiltà.

Anche la bella Brunilde era lì: vi ha incontrato molte persone e, tornandosene a casa a notte inoltrata, tenta di ricordare, enumerandoli ad alta voce, ciascuno di quei bei cavalieri che le hanno presentato, i più simpatici e gentili, naturalmente: «...sei, sette...».

Marco, che l'accompagna, comprende facilmente a cosa la donna si riferisce e le si rivolge sornione:

conti conti conti conti.

Ogni giorno, prima del vespro, le sorelle laiche delle orsoline, scendono giù in cortile, dalle varie ali del convento, a prendere un po' d'aria. Anche alla nuova arrivata piace ogni volta ritrovarsi sotto il porticato intrattenendosi a chiacchierare con le altre consorelle:

conversa, conversa conversa.

Arriva in tavola la tanto attesa "fiorentina"; l'avevamo ordinata convinti di gustare una vera specialità. Restiamo subito delusi: è immangiabile, tanto da lasciarla quasi intera nel piatto. Paghiamo il conto, salatissimo, ma prima di andar via pretendiamo almeno che si verifichi cosa ci è stato servito: e allora il maître

costata costata costata.

Era la prima volta che si recava in quel nuovo e grande centro di registrazione. Doveva essere lì alle nove del mattino per provare alcuni brani lirici e gli orchestrali lo attendevano con impazienza.

Egli era ancora più impaziente: non vedeva l'ora di far ascoltare a tutti il suo celebre acuto. Il tenore, in realtà, era arrivato già da qualche minuto, ma incontrava difficoltà a trovare la sala giusta: andava sù e giù per i corridoi esclamando:

do!, do do do?

Il Consiglio Nazionale del Notariato quell'anno aveva organizzato un convegno a Capri. I partecipanti furono molti grazie, naturalmente, anche alle bellezze ed alla ben nota ospitalità dell'isola azzurra.

Per il giorno conclusivo dell'incontro il programma prevedeva una colazione alla "Canzone del Mare". Perciò, dopo aver raggiunto Marina Piccola, ormeggiai la mia barchetta ad una boa al largo dello stabilimento e mi gettai in acqua per raggiungere riva e salutare molti di quei congressisti, miei amici. Già prima di toccare terra, ne riconobbi qualcuno:

notai, notai notai.

Al di là del confine trovai rifugio in una buia taverna. Due tipacci servivano da bere: dall'abbigliamento si capiva facilmente che erano i gestori della bettola.

Al tavolo accanto un giovane triste, pensieroso, dava l'idea di essere anch'egli delle mie parti.

Non passò molto tempo che la mia nazionalità fu riconosciuta e subito segnalata ai due, i quali non mostrarono gradire la mia presenza.

La reazione fu immediata; temendo il peggio fui costretto a fuggire a gambe levate non senza ringraziare il mio vicino, che, molto provvidenzialmente, aveva fatto cadere in terra il suo bel fiasco di vino proprio tra i piedi dei due brutti ceffi. Ebbi appena il tempo di gridargli: grazie, amico, tu

osti osti osti.

Ero in Corsica, in vacanza con amici. Sulla barca ormeggiata ad uno degli approdi di St.-Florent, cominciammo a mangiare un dessert ed aprimmo una bottiglia di buon vino portoghese. Accanto a noi, su una barca a vela, c'era Hélène, una giovane e attraente signora già incontrata, per mare, al mattino. La invitammo ad unirsi a noi, ma, intenta a leggere un libro, preferì rimanere sulla sua deriva. Volli almeno offrirle una coppa di quel vino, ma non era facile; c'era un po' di risacca e le barche non erano proprio vicinissime. Decido allora di passare per terra. Sulla banchina, con il bicchiere in mano, mi viene da considerare:

porto: porto porto porto.

I clienti non mancano; noi offriamo loro buone condizioni ed ottimi trattamenti. Oltre le normali attività di taglio di capelli e di barba, del servizio di manicure, da un po' di tempo abbiamo anche un reparto di abbronzatura artificiale. Le prenotazioni sono sempre numerose; bisogna ben tenere il conto e così, ad ogni arrivo, eliminiamo il nominativo dall'elenco:

radiamo, radiamo, radiamo.

Fin dai primi giorni del campo, erano stati serviti sempre cibi immangiabili: pasta con fagioli guasti, lenticchie durissime, uova marce.

Le proteste dei giovani di leva diventarono sempre più frequenti. Alla fine i superiori capirono che in quel modo non si sarebbe potuto andare avanti e presero i dovuti provvedimenti. I pasti diventarono soddisfacenti (le minestre erano saporite, la carne di buona qualità, i contorni sempre realizzati con ortaggi freschi). Fin quando un bel giorno ci fu il segnale del pericolo di un ritorno alle vecchie abitudini: venne servita una minestra di zucca del tutto andata a male. La protesta fu immediata: si trattava proprio di un

rancio rancio rancio.

La mamma si alzava sempre di buon'ora per andare al lavoro e faceva sempre di tutto per lasciarvi dormire tranquille. Quella volta non le riuscì e qualche piccolo rumore interruppe il vostro riposo: desideravate che lei rimanesse ancora un po' con voi e per scherzo prendeste le chiavi della sua automobile. Ma avevate tanto sonno che subito gli occhi vi si richiusero. La mamma prese ad andare sù e giù con foga in cerca del suo portachiavi, facendo ancora più chiasso di prima, tanto che apriste di nuovo gli occhi: ancora una volta in piedi e molto divertite, le restituiste ciò che cercava:

rideste, rideste, rideste.

Specializzato in incontri di boxe, Ruggero era stato un apprezzatissimo cameramen. Andato in pensione, prese ad istruire giovani alle prime armi, ai quali dava sempre buoni consigli, pure mostrandosi critico del loro lavoro quando i risultati non erano soddisfacenti. In molte occasioni egli

riprese riprese riprese.

L'Istituto era stato costretto a trasferirsi in una nuova sede. Si stava traslocando: tutto l'arredo, le sedie, i tavolini, gli attaccapanni, le librerie, le scrivanie, le pedane, trovarono via via posto sul camion, che percorse più volte il tragitto tra il vecchio ed il nuovo edificio.

Beppe, il bidello della scuola, si era interessato personalmente delle lavagne: dopo averle staccate dal muro, così come si trovavano, le aveva imballate riponendole in casse di legno chiuse con chiodi e reggette metalliche.

Qualche giorno dopo, provvede egli stesso a sistemarle nelle nuove aule. Non gli riesce molto facile aprire gli imballi e perciò è costretto a sfasciare tutto prima di poter togliere via le lavagne; poi, gli tocca pure cancellare le scritte e gli schizzi rimastivi segnati:

scassa, scassa, scassa.

Ciascuna di quelle associazioni aderiva ad una dottrina particolare. Inizialmente avevano avuto qualche elemento in comune che le teneva unite; successivamente, però, si erano scisse in modo da costituire tante unità distinte.

Tutte avevano scelto un fiore o una pianta quale proprio emblema. Azalea, Betulla, Ciclamino, Dalia, Edera, Felce e Ginestra sono ora le

sette sette sette.

Aldo era un accanito giocatore di Monopoli. Non faceva altro che nominare i due "pezzi" viola: VICOLO STRETTO e VICOLO CORTO. Li nominava, li nominava ed immancabilmente gli capitàvano; ma in realtà non gli erano simpatici e perciò subito, ogni volta, li cedeva al primo offerente per poche lire.

Accadeva sempre così. Anche quella sera la solita storia:

stradette stradette stradette.

I giocatori della squadra di calcio di Firenze sono
in ritiro in una tranquilla cittadina termale toscana.
Nell'albergo che li ospita, all'imbrunire, dal palchetto
sistemato in giardino, si leva la musica di un quartetto
d'archi.

Dario Mommi, uno degli atleti, è subito conquistato
dal delicato suono di uno degli strumenti, ma ancor
più dalla splendida fanciulla che fa vibrare quelle
corde.

Poco occorre perché i due, più tardi, si ritrovino
soli nel parco, al complice chiarore di una notte di luna
e poi sù, in camera, a bere champagne.

Alessia, la bella concertista, mal sopporta le troppo
ardite avances del giovane, che vuole concludere a
modo suo la serata. Ella cerca in ogni modo di ritrarsi,
ma alla fine l'attaccante ha la meglio:

viola viola viola.

DIZIONARIETTO OMONIMICO ESSENZIALE

bàrdo
1) v.vb. da *bardàre*.
2) s.m.: poeta, vate dei popoli celtici; cantore, poeta patriottico.
3) † agg.: sciocco, balordo.

cónti
1) v.vb. da *contàre*.
2) s.m. pl. di *cónte*.
3) † agg.m. pl. di *cónto* (1), nel sign. di noto, conosciuto.
4) † agg.m. pl. di *cónto* (2), nel sign. di grazioso, aggraziato.

convèrsa
1) part.f. di *convèrgere*.
2) s.f.: donna che provvede a lavori manuali in un convento, senza aver preso i voti.
3) v.vb. da *conversàre*.

costàta
1) v.vb. da *costatàre*.
2) s.f.: taglio di carne adatto per bistecche.
3) part.f. di *costàre*.

dò 1) † inter.: [V. *dòh*] esprime meraviglia, impazienza.
dó – avv.: [V. *do'*] forma tronca di *dóve*.
dò 2) v.vb. da *dàre*.
3) s.m.: prima nota della scala musicale.

notài
1) v.vb. da *notàre* (1) [V. *nuotàre*], nel sign. di muoversi in acqua per reggersi a galla e procedere.
2) v.vb. da *notàre* (2), nel sign. di osservare, scorgere, riconoscere.
3) s.m. pl. di *notàio*.

òsti
1) v.vb. da *ostàre*.
2) s.m. pl. di *òste* (1), nel sign. di gestore di un'osteria.
3) s.m. pl. di *òste* (2), nel sign. di nemico, avversario.

pòrto
1) s.m.: spazio di mare protetto, approdo.
2) v.vb. da *portàre*.
3) s.m.: vino liquoroso portoghese.
4) part. m. da *pòrgere*.

radiàmo
1) v.vb. da *radiàre* (1), nel sign. di cancellare da un elenco, eliminare da una lista di prenotazione.
2) v.vb. da *ràdere*.
3) v.vb. da *radiàre* (2), nel sign. di emanare raggi, irraggiare.

ràncio   1)   s.m.: pasto dei soldati e dei marinai.
            2)   agg.: del colore dell'arancia, arancione.
            3)   † agg.: rancido.

ridéste   1)   part.f. pl. (lett.) di *ridestàre*.
            2)   v.vb. da *ridàre*.
            3)   v.vb. da *rìdere*.

riprèse   1)   v.vb. da *riprèndere*, nel sign. di criticare q.c., rilevarla come errata.
            2)   s.f. pl. di *riprèsa*, nel sign. di parte di incontro sportivo.
            3)   part. f. di *riprèndere*, nel sign. di effettuare una ripresa cinematografica o televisiva.

scàssa   1)   v.vb. da *scassàre* (1), nel sign. di rompere.
            2)   v.vb. da *scassàre* (2), nel sign. di estrarre, levare dalla cassa.
            3)   v.vb. da *scassàre* (3) [V. *cassàre*], nel sign. di cancellare.

sètte   1)   agg. num. card.: corrispondente al numero 7.
            2)   s.f. pl. di *sètta*.
            3)   † agg.f. pl. di *sètto* (2), nel sign. di diviso, separato.

stradètte   –   v.vb. da *stradàre* [forma rafforzata di *dàre*].
stradétte   1)   s.f. dimin. pl. di *stràda*.
              2)   part. f. pl. di *stradìre* [forma rafforzata di *dìre*].

viòla   1)   s.m.: il colore intermedio tra il rosso ed il turchino; chi gioca nella squadra di calcio della "Fiorentina".
vìola   –   v.vb. da *violàre*.
viòla   2)   s.f.: strumento musicale cordofono e ad arco; chi suona tale strumento.

La Biblioteca Oplepiana [*]

Ruggero Campagnoli
Edulcoranti, con cento tempere,
Coloranti, di Totò Radicchio (1990, 1)

Aldo Spinelli
L'uso delle istruzioni, Rigrafia (1991, 2)

Giuseppe Varaldo
Canto tenero, Mitografemi (1992, 3)

Ruggero Campagnoli
Deliri edipici, Sonetti palindromici (1992, 4)

Piero Falchetta
Frammenti in vita
Combinazioni monorime con commento (1993, 5)

Ruggero Campagnoli
Vocalizzi Zulu, Sonetti monovocalici latenti,
con una cartella di 5 serigrafie,
Proiezioni e vocali in ombra, di Totò Radicchio (1994, 7)

Elena Addòmine
Forme For me, Traduzioni omografiche (1994, 7)

Raffaele Aragona
La viola del bardo, Piccolo Omonimario Illustrato (1994, 8)

Aldo Spinelli
Le ripartite, Rimbalzo statistico (1994, 9)

Ruggero Campagnoli
Sestine per modo di dire,
Testi locuzionali semiautomatici (1994, 10)

Sal Kierkia
(a cura di) *L'isola teletrasportata*, Anagrafie (1996, 11)

Paolo Albani

Geometriche visioni, L'alfabeto raffigurato (1996, 12)

Paolo Albani

Rose osé, Lettere rubate (1998, 13)

Màrius Serra i Roig

Turandot espuri, Solfeix (1998, 14)

Luca Chiti

L'infinito futuro, Sillabe in crescenza (1999, 15)

Oplepo

Giallo di Anghiari, Misteri obbligati (1999, 16):
– *Analisi finale*, di Elena Addòmine
– *La disparizión*, di Raffaele Aragona
– *Alloro per loro*, di Brunella Eruli
– *Una parola d'oro*, di Piero Falchetta
– *Numero tredici*, di Sal Kierkia
– *Un caffè per tre*, di Giuseppe Varaldo

Oplepo

Esercizi di stime, Acronimi elogiativi (2000, 17):
– Elogio dell'*Opera poetica limitante entropiche profondità ombeli-cali*, di Elena Addòmine
– Elogio dell'*Oscurità poetica laureata esibendo parole oblique*, di Paolo Albani
– Elogio di *Ogni poema lipogrammatico esprimente potenzialità oscu-rate*, di Raffaele Aragona
– Elogio dell'*Ospedale per lemmi esausti, provati, obesi*, di Alessandra Berardi
– Elogio dell'*Operosa pastorelleria legata, elegantemente poco orto-dossa*, di Luca Chiti
– Elogio dell'*Ostinato premere lemmi endecasillabici producenti oleosità*, di Brunella Eruli
– Elogio dell'*Ostracismo politico, legge emarginata, punto O*, di Sal Kierkia
– Elogio dell'*Osar poetare liberamente, evitando penalizzanti ortodossie*, di Maria Sebregondi
– Elogio dell'*Ombra, proiezione labile eppure pressoché onnipresente*, di Giuseppe Varaldo

Luca Chiti

Il centunesimo canto, Philologica dantesca (2001, 18)

Paolo Albani

Fantasmagorie, Parole in bianco (2001, 19)

Giulio Bizzarri

Art caveau, L'invisibile pittura (2001, 20)

Ermanno Cavazzoni

Morti fortunati, Slittamento proverbiale (2001, 21)

Oplepo

Il doppio, Due per uno (2004, 22):
- *Doppio senso*, di Alessandra Berardi
- *Double-face*, di Anna Regina Busetto Vicari
- *Il doppio imperfetto*, di Brunella Eruli
- *La scoperta dell'America*, di Domenico D'Oria
- *Duplex*, di Edoardo Sanguineti
- *Lingua doppia*, di Elena Addòmine
- *Il romanzo equivoco*, di Ermanno Cavazzoni
- *Specchio*, di Giulio Bizzarri
- *Senso doppio/doppio senso*, di Giuseppe Varaldo
- *Kamasutra*, di Maria Sebregondi
- *Il punto di vista, anche*, di Paolo Albani
- *Teoremi e assiomi*, di Piergiorgio Odifreddi
- *Raddoppi*, di Raffaele Aragona
- *Doppio doppio*, di Sal Kierkia
- *Doppio*, di Totò Radicchio

Piergiorgio Odifreddi

Riflessi in uno zaffiro orientale,
Diari minimi di viaggi effimeri (2005, 23)

Sal Kierkia

Preludi, Tempo obbligato (2005, 24)

(*) I primi 24 fascicoli, riuniti, sono pubblicati ne *La Biblioteca Oplepiana*
(Zanichelli, 2005).

Oplepo

A Italo Calvino (2005, 25)
- *La galleria dei destini incrociati*, di Paolo Albani
- *Rapsodia di fiori in blu*, di Brunella Eruli
- *Permutazioni bibliografiche*, di Domenico D'Oria
- *Lezioni italo-americane*, di Elena Addòmine
- *Alluvione d'aiuole*, di Sal Kierkia
- *Conoscenza della forma*, di Anna Busetto Vicàri
- *Italo Calvino in ottava*, di Giuseppe Varaldo
- *Sulla luna giraffa*, di Maria Sebregondi
- *Paronomàsie*, di Raffaele Aragona

Oplepo

Chimere, Esercizi funzionari (2206, 26)
- *La Chimera Incapricciata*, di Anna Busetto Vicari
- *La chimera di* Spoon River, di Brunella Eruli
- *Kimerik polito-logico*, di Domenico D'Oria
- *Chimere shakespeariane*, di Elena Addòmine
- *Sonetto della Chimera*, di Edoardo Sanguineti
- *Percorsi per-versi d'una chimera*, Giorgio Weiss
- *Manghiscoli*, di Ermanno Cavazzoni
- *Chimere*, di Giuseppe Varaldo
- *Tradurre, una chimera? PER-QUE-NEAU!*, di Maria Sebregondi
- *Mi illudo*, di Paolo Albani
- *Chimere napoletane*, Raffaele Aragona
- *I cosi così, di* Sal Kierkia

www.ingramcontent.com/pod-product-compliance
Lightning Source LLC
LaVergne TN
LVHW031437170726
843492LV00010B/3047